LA

BOUTADE

SÉDITION DES LYCÉENS DE DOUAI,

POÈME HÉROÏ-COMIQUE,

Par Alfred BILLET.

DOUAI.

ADAM D'AUBERS, IMPRIMEUR, RUE DES PROCUREURS.

LA
BOUTADE

SÉDITION DES LYCÉENS DE DOUAI,

POÈME HÉROÏ-COMIQUE,

Par Alfred BILLET.

DOUAI.
ADAM D'AUBERS, IMPRIMEUR, RUE DES PROCUREURS.

PRÉFACE.

Garde-toi, maussade lecteur,
De jamais lire un seul jambage
De cet innocent griffonnage,
Pauvre fruit du libertinage...
De ma plume, qu'en son jeune âge
Séduisit un papier menteur.

Ton sourcil désapprobateur,
Pour sûr, ferait mourir de peur
Ce faible enfant qui vient de naître
Et qu'ils firent sans le savoir,
Ou, du moins, bien loin de prévoir
Qu'au jour on le verrait paraître.

LA BOUTADE.

⸺◦⫯◦⫯◦◦⫯◦◇◦⫯◦◦⸺

I.

Je chante un Lycéen , dont le ventre stoïque
A su , pendant deux jours , d'un courroux héroïque,
Ne manger que du pain , ne boire que de l'eau ,
Avec cent Lycéens rangés sous son drapeau.

Muse, dont la voix rauque aux chants guerriers aspire ,
Des accords du Lutrin que ton clairon s'inspire ,
Pour chanter dignement cès héros immortels !
Puissé-je en finissant leur dresser des autels !

Muse, dis-moi comment leur panse mal nourrie
Sut braver si longtemps l'Econome en furie !
Découvre-moi les fils de leurs vastes complots ,
Laisse-moi dévoiler ces prodiges nouveaux !

Que d'honneurs te sont dus , ô ventre de Donville !
O ventre pour lequel les portes de la ville
Se verront quelque jour avoir trop peu d'ampleur !
O ventre , pour lequel Rhodes, avec douleur ,
Contemple son colosse en se mourant d'envie !
Ces deux jours pour jamais ont illustré ta vie ,
Toi qui sus conserver tes luxueux contours
Malgré le pain et l'eau ligués contre tes jours !

II.

Non loin de l'Arsenal , vers le nord de la ville ,
S'élève un monument qu'un architecte habile
Eut la précaution de construire très haut ,
Afin qu'on pût à l'aise y grouiller comme il faut.
C'est là que rats, souris, cuistres , maîtres d'études,
S'entendent à l'envi (charmantes habitudes) !
Pour passer leur journée à tourmenter les gens.
Tout cela sous des toits qui s'envolent aux vents.

C'est là que , chaque jour , dans un grand réfectoire ,
Chaque élève , deux fois , peut manger et peut boire.
A des tables pour huit , à l'heure du dîner ,
Dix minutes chacun cherche à déglutiner ;
Ce qui n'est pas toujours si facile qu'on pense :
Quelque dispos qu'on soit à bien s'emplir la panse ,
Donville vous dira, si vous voulez , pourquoi
Devant certains morceaux son ventre est resté coi.

Cependant, de ceux qui font fi! sur toutes choses,
Que l'on croirait chez eux se nourrir d'eau de roses,
Il en est bien souvent qui, tout en faisant fi !
Ne perdent pas de temps. Retenez bien ceci :
Tel qui, pour chaque mets, grogne et fait la grimace,
Qui se croirait goujat s'il avait bonne grâce,
N'en n'est pas pour cela plus manchot, Dieu merci !
L'exemple de ce fait abonde par ici.

III.

Un jour, — c'était en juin, — au plus chaud de l'année,
Les esprits n'étaient pas moins chauds que la journée,
Et les mets que le chef venait d'ôter du feu
De la chaleur du jour se ressentaient un peu.

Midi sonnait encor. — Réglé comme l'horloge,
Donville, enfin, sortait d'une certaine loge
Qu'on me dispensera, j'espère, de nommer ;
Car, ce mot, l'éditeur ne voudrait l'imprimer.
Bref! on ne va pas là pour y cueillir la rose.

En fait de loge, ici, ma lectrice morose
Feindra de n'entrevoir que celle du portier ;
— Tant pis ! — Je ne veux pas lâcher le mot entier !

Donville sortait donc, et selon sa coutume,
Pour dissiper un peu les vapeurs que l'on..... hume,

Dans cet endroit toujours pénible à décliner ,
Il allait respirer les odeurs du dîner.
On n'avait pour cela qu'un pas, car la cuisine
De l'endroit que je tais est justement voisine.

Le héros, en entrant, qui sent le faisandé ,
Reste tout interdit et.... désaffriandé....
« Gribould , dit-il au chef, est-ce donc qu'au collége
» On nous fait la cuisine avec l'eau de Barège ? »

Et marchant à grands pas , il vole vers la cour ,
Pour annoncer aux siens la nouvelle du jour.

« Oui, Messieurs ! — disait-il — Et c'est une infamie !
» Bravons tous l'Econome et son économie.
» Embrassons, dans nos coups, sa femme et ses enfants,
» Gras de notre embonpoint et gros à nos dépens. »

Il dit. — Vers le dîner les élèves marchèrent.
Le nez, pour commencer, quelques-uns se bouchèrent;
Soudain de table en table on se boucha le nez
Aux regards furibonds des maîtres consternés ,
Qui risquant de laisser refroidir leurs potages ,
Se mirent à tracer force petits jambages ;
Ce sont des *mauvais points* qu'ils appellent cela !
Et c'est pour les marquer que ces graves gens-là ,
Par le gouvernement payés à la journée ,
Font des *petits batons* pendant toute l'année !
Peut-être éprouvez-vous le besoin de bailler ?
Monsieur ! trois mauvais points ! vous viennent réveiller!

Ou mon voisin a-t-il oublié de se taire ?
Certes, je ne puis rien du tout à cette affaire !
C'est égal , il m'en veut et ne le vois pas moins ,
Dans l'ombre, à mon endroit, marquer des *mauvais points*.
Mauvais point, mauvais point! Mais c'est pendant l'étude
Qu'il en pleut ! Quelquefois, miracle d'habitude !
Un rat vient-il montrer le bout de son museau ,
Trois mauvais points ! le font sauver par le ruisseau.

Bref ! sans toucher aux plats en aucune manière
Chacun remplit de pain ses poches de derrière.

Quel spectacle , grands dieux ! Trois fois béni sois-tu ,
Toi qui jusques au bout sus montrer ta vertu !
Infortuné Donville ! Oui, Donville toi-même !
Et ton front n'est pas ceint d'un triple diadème !
Toi qui n'as pas dîné !! Que d'échos en échos
Ton nom soit répété sur la terre et les eaux !
Qu'entonné dignement par un vigoureux chantre
Il résonne à jamais, de même que ton ventre,
Sous un bon coup de poing , retentirait au fond
D'une grotte sonore ou d'un antre profond.

Mais quels vœux impuissants mon impuissance enfante !
Je ne puis que chanter l'abdomen qui m'enchante.
Eh bien ! chantons , mon luth , célébrons ses exploits!
Heureux, trois fois heureux d'exciter, sous mes doigts,
Des chants auxquels son nom fait préluder ma lyre !

IV.

Or, le dîner fini (par fini, j'entends dire
Dix minutes après le *benedicite*),
Chacun se retira, l'estomac peu lesté ,
La poche bien garnie et les plats sur la table !

Au bruit d'un tel forfait, Gribould, chef redoutable,
Vole à l'économât.—L'Econome irrité
Convoque incontinent toute la Faculté.
On s'ébranle à ses cris, et, sans qu'il fût dimanche,
Chacun pour ce grand jour mit sa cravate blanche.
La Faculté s'assemble, et Gribould en avant
Me rappelle Henri IV à son panache blanc.
Sur son cou, la moitié d'un vieux pan de chemise ,
En guise de col blanc , pour l'uniforme est mise ;
Et le fier Allemand, dans son flegme germain ,
Tient écumante encor sa lardoire à la main.

Sur les traces du chef, marchent comme un seul homme
Les Inspecteurs , Censeur, Sous-Censeur , Econome ;
Et tous armés de pots, de plats et de chaudrons ,
Les marmitons au pas , marchent par escadrons.

L'imposante colonne avec ordre s'avance ,
Et dans un redoutable et solennel silence ,
On entre au réfectoire.—On fait procession

Autour des plats fauteurs de la sédition ,
Et là , d'une équité qui n'a pas sa paréille ,
Flairant, goûtant, palpant, trouvant partout merveille,
La Faculté déclare à l'unanimité
Que les mets sont partout en parfaite santé.

V.

Dans le fond de la cour , notre gent émèutière
Tenait conseil aussi, mais d'une autre manière.
Donville présidait, et chacun dit son mot,
Depuis le plus âgé jusqu'au moindre marmot.
L'un, dans sa noble horreur pour les pommes de terre,
Au diable aurait voulu l'espèce tout entière ;
L'autre, dans ses transports contre les haricots,
Forgeait à leurs dépens force mauvais bons mots.
On disait qu'en dépit des décrets de l'Eglise ,
L'Econome parfois, dans ses œufs, en chemise,
A la coque, autrement, faisait les vendredis
Manger aux Lycéens des poulets tout rôtis.
Ce n'était que lazzis renouvelés d'Hérode,
En dépit de leur âge encor très à la mode.

Lorsque sur tous les points on eut bien discuté ,
On recueillit les voix de la majorité ,
Et Donville , d'un geste imposant le silence ,
Fit briller tout à coup cet éclair d'éloquence :

« Messieurs, chacun de vous a vaillamment agi ,
» Dit-il; de chaque assiette un héros a surgi !
» Serrons de plus en plus notre ligue de guerre
» Contre les haricots et les pommes de terre ;
» Que tout collége, au bruit de nos justes fureurs,
» En bénissant le nom de ses libérateurs ,
» Ait six plats à dîner et renverse tout homme
» Portant dorénavant le titre d'Econome !
» Cependant , le projet, par nous tous adopté ,
» De rester sans manger , est d'une austérité
» Qui nous pourrait mener tout droit au cimetière ;
» Mais comme un plat pour huit est à peine matière
» Pour quatre comme moi—qui mange sobrement,—
» Je propose aujourd'hui qu'à partir du moment,
» Quatre à chaque repas mangent seuls à leur table.
» Les quatre autres, s'armant d'un courage indomptable,
» En face des premiers, d'un œil indifférent,
» Conserveront leur faim pour le repas suivant.
» Donc, que chacun de vous se rallie à ma panse :
» Elle sera toujours où sera l'abstinence ! »

Ainsi dit le héros. Jusqu'en ses fondements
Le collége trembla des applaudissements.
« Amis , reprit-il donc , tirons à pile ou face
» Pour connaître quels rangs aux autres feront place. »
Et Donville, à ces mots, d'un espoir incertain ,
Fait tournoyer dans l'air la pièce du destin.
On se presse aussitôt, et la foule inclinée ,
L'œil ardent , sur le sol, a lu sa destinée !

Je pleure en y pensant ! Donville était de ceux
Qui durent au souper ne manger que des yeux !
Toi qui n'as pas dîné , ne pas souper encore !
Donville, de quels coups la fortune t'honore !

VI.

Enfin, le soir advint. Le souper vint aussi.
L'air abattu, mais digne, oh ! je le vois d'ici !
Donville, un peu plus calme en sa noble furie ,
Marchait comme un bœuf gras qu'on mène à la tuerie.
Chacun prit place à table, et le jeu commença.
Hasard impénétrable ! On avait ce soir-là
Des plats de haricots qu'on ne ménage guère ,
Car la chose est compacte, et puis n'est pas bien chère.
Les Lycéens souvent en laissent les trois quarts.
Qu'on juge de l'effroi, quand , au lieu de huit parts ,
De chaque énorme plat , quatre il en fallut faire !
Et pour les manger donc , ce fut bien autre affaire !
Cependant force fut de s'en bien acquitter.
Quand l'honneur est en jeu, qui saurait déserter ?
Ce n'est pas sans pâlir que chacun vit sa tâche :
L'un, pour gagner du temps, caressait sa moustache;
L'autre, en se redressant , feignant de respirer,
Par monceaux , dans sa poche , en faisait macérer.

Après beaucoup d'efforts , après beaucoup de peine ,
A force d'entasser, et sans reprendre haleine ,

Des haricots épais les monuments massifs
S'enfoncèrent enfin dans les sacs digestifs.

« Ouf! j'étouffe, dit Paul!—Je crève, dit Alceste !
» J'ai craqué ma culotte et déchiré ma veste !—
» Peuh ! mon gilet m'étrangle!—Ouf! ma culotte aussi !
» Eh ! tu ne crèves pas, Donville ?—Mon Dieu, si !
» Moi, je crève de faim ! je tombe de faiblesse !
» Mais, du moins, ce n'est pas ma veste qui me blesse!

VII.

Hélas! ce n'est pas tout! Deux minutes après,
Et par un sort fatal fait certes tout exprès,
Incroyables effets d'une mauvaise étoile !
Vinrent d'énormes blocs de fromage Maroille !
Le père d'un élève en était fabricant,
Et payait l'Econome en fromage comptant.
On mangeait donc par an neuf cents francs de fromage !
Neuf cents francs! Sur ce point l'Econome était sage !
Mais, hélas ! le moment était bien mal choisi :
« C'est fini, dirent-ils, il faut crever ici !
» Eh bien! nous créverons, mais mangeons le fromage! »
Tel un soldat blessé, sur le champ de carnage,
Voyant son sang couler, déjà mort à demi,
N'a plus à redouter les coups de l'ennemi ;
Tel un enfant cliqué ne craint plus une clique,
Et tels les Lycéens, sans craindre la colique,

Attaquèrent de front le fromage empesté,
Sourds au bruit des boutons sautant de tout côté.

Et moi, naïf conteur d'un exploit mémorable ,
Moi , Xénophon moderne ! ô perte irréparable !
Peu s'est fallu, qu'en proie à ma funeste ardeur
Contre cet ennemi d'une ignoble lourdeur ,
O traîtres haricots ! fromage détestable !
Peu s'est fallu, lecteurs, que je mourusse à table !
Et c'est après huit jours passés à digérer ,
Que, gros—d'haleine encor, je vous le puis narrer.

Le Maroille partit ! On en jeta par terre ,
On en mit pardevant, on en mit parderrière ,
Les uns dans leur gousset, d'autres dans leur mouchoir,
Mais il n'en resta pas !—Plaisante était à voir
La mine du Censeur pendant cette aventure !
« Cela finira mal ! Parbleu, la chose est sûre !
» Comment ! la moitié jeûne, et tout est disparu ?
» Que diable est donc ceci , dit-il d'un ton bourru,
« Que ne mangez-vous pas, vous, Monsieur Lavardire ?
» —Moi ? ce n'est pas mon tour.—Votre tour ? Qu'est-ce à dire ?
» Est-il besoin de tour pour manger maintenant ?
» Dites, faut-il un tour ? parlez ! —.... Apparemment !
» —Ah ! ah ! c'est ce jeu-là... Vous connaîtrez la porte !
» —Je la connais très bien, le diable vous emporte !»

VIII.

On alla se coucher.—De tes voiles menteurs,
Nuit , combien tu couvris d'objets peu séducteurs !
Combien tu nous cachas d'aventures terribles !
Que de soupirs confus ! Que de rêves horribles !

Minuit était sonné.—Dans un profond repos ,
Tout semblait respirer la terreur des tombeaux.
Donville , poursuivi des pensées les plus sombres ,
Crut alors distinguer, parmi d'épaisses ombres,
Un spectre... qui vers lui s'avançait d'un pas lent...
Son noir sourcil cachait un œil étincelant.....
Il fixait en tremblant ce spectre épouvantable ,'
Qui s'avançait toujours.... quand un cri formidable
Fit retentir ces mots : « Monstre, regarde-toi ! »
Donville tressauta de terreur et d'effroi.....
Il se regarde...... O ciel ! une pâleur livide
Le couvrait tout entier, et...... son ventre était vide !

IX.

Enfin, le jour revint et tout fut oublié.
Mais , ô sort trop funeste ! ô destin sans pitié!
A peine réveillé, l'infortuné Donville
Se lève, et de bonheur sa prunelle jubile !

Tressaillant de plaisir et se frottant les mains :
« Aujourd'hui, ventre-bleu ! je dîne pour le moins !
» Ce n'est pas malheureux ! » Il dit, et sa bedaine
Dans son bonheur trop prompt lui semble déjà pleine !

Il n'en fut point ainsi !… Nous allons voir comment
Le sort, dans sa fureur, décidait autrement.

Donville, qui d'espoir en ce moment palpite,
Dans ses vastes habits d'un bond se précipite ;
Il prend son essuie-mains, son peigne et son rasoir,
Avec cet attirail il se rend au lavoir.
Mais à peine était-il cinq heures et demie,
Qu'on entendit tinter cette cloche ennemie,
Qui, nous voulant aussi gouverner à son tour,
De son trône orgueilleux renversa le tambour.
De ce dôme criard le tintement magique
Fait sur les Lycéens un effet électrique ;
Le maître sort du lit et vient, en pans volants,
Sans cesser de dormir, se culotter en rangs.
Donville, en descendant, est encore en chemise,
Ne songeant qu'à sa faim que son espoir aiguise,
Et d'un célèbre roi se donnant le travers,
A l'étude on le voit la culotte à l'envers.

C'est jouer de malheur ! Mais un plus grand encore
Attend l'infortuné. Muse, toi que j'implore,
Laisse-moi répéter tes lugubres accents,
Bien dignes d'émouvoir des cœurs compâtissants.

2.

X.

Réunis dans la cour où l'on était la veille,
Les uns, le teint plus vif, la face plus vermeille,
D'autres, la face blême et le ventre plus creux,
Sur la marche à tenir se disputaient entre eux.

Du choc de cent avis jaillit un avis juste.

« Comment! cria l'un d'eux, que l'on nommait Auguste,
» Se moquent-ils de nous en parlant de dîner ?
» Dîneront-ils toujours et nous toujours souper ?
› Pour moi, je n'en suis pas ! Qu'en dis-tu donc, Duchange !
› —Moi non plus ! Ces messieurs ne perdraient pas au change !
» Tous les jours, au dîner, ils se gobergeraient,
› Des moins mauvais morceaux, Messieurs, s'arrangeraient,
» Lorsque nous, au souper, aurions pour tout potage
» Des monts de haricots et des blocs de fromage !
» Non, Messieurs, non. Pour moi, voici ce que je vois :
» Chaque camp mangera de deux fois en deux fois,
» Nos statuts n'auront point de formes illégales,
» Tous, nous serons égaux et nos armes égales. »

« —Bravo ! très-bien ! parfait ! Et nous serions bien fous !
» Ils souperont ce soir, et c'est encore à nous
» De dîner aujourd'hui ! —Du tout ! dirent les autres ;
» Vos estomacs sont pleins, fort bien, mais pas les nôtres !

» Vous voudrez bien, Messieurs, que nous dînions aussi,
» Puisqu'hier, au souper, vous avez...—Non, merci !
» Il n'est pas bête, lui ! Pour mon compte, je dîne !
» —Nous aussi !—Nous aussi !—Nous aussi !—Mais, pardine !
» Si chacun va dîner , nous serons les jobards !
» C'est nous qui les premiers avons laissé nos parts !
» —Au fait, dit un premier.—Diable ! fit un deuxième,
» Nous sommes enfoncés !—Peste ! dit un troisième ! »
Mais Donville, à ces mots, plein d'un courroux moqueur :
« Vous n'avez pas au ventre un atôme de cœur !
» C'est donc là, Lycéens, tout votre grand courage ?
» Voici comme je traite un mangeur de fromage ! »
Il dit : son bras fend l'air, et sur-le-champ Billet
Reçut,—C'est moi, lecteurs,—un vigoureux soufflet.
J'entrevis vingt éclairs à travers un nuage !
Mais trouvant dans ma poche un morceau de fromage,
Du souper de la veille invalide soumis ,
Je le lançai , tout chaud , dans les rangs ennemis.
Ma riposte subite est un trait de lumière :
Tel , après d'un éclair l'apparence première ,
Le ciel s'ébranle au bruit d'un sombre roulement,
Tels on put voir dans l'air voler en un moment
De l'innocent souper les restes qui , naguère,
N'étaient rien moins encor que des armes de guerre.
Chacun vide sa poche.—En cent endroits divers,
Les haricots lancés obscurcissent les airs ;
Donville, l'œil en feu, la tête échevelée,
Présente aux combattants sa gorge dévoilée,
Et constellé partout de nombreux haricots ,
Il offre à tous les yeux l'image d'un héros.
C'est alors qu'un cyclope , Ildephonse Delorme ,
Soulève avec effort un projectile énorme,

Indigeste chaos de haricots épars,
De fromage et de pain trouvés de toutes parts ;
Il le lance, et soudain cette masse gluante,
Décrivant dans l'espace une courbe effrayante,
Va s'engloutir enfin, avec un bruit affreux,
Dans le poitrail velu du héros malheureux !
Je crois l'entendre encor ! Quel choc épouvantable !
Mais, ô malheur plus grand ! ô destin redoutable !
Le bloc malencontreux, par la chemise entré,
Jusques à la ceinture a soudain pénétré !
Donville est confondu, sa douleur est muette,
Son front s'est empourpré, sa lèvre est violette ;
Tel don Diègue en fureur, tel le vieux Chapelain,
Voyant dans le ruisseau sa perruque de lin,
Tel Donville s'écrie : « *O bedaine ma mie,*
N'as-tu donc tant jeûné que pour cette infâmie ! »
Et n'as-tu donc acquis cette rotondité
Que pour en voir ainsi braver la majesté ?
Il ne peut faire un pas.... la masse qui ballotte
Menace de descendre un peu dans la culotte....
Frémissant de fureur, nouveau Phylopœmen,
Il plonge hardiment la main vers l'abdomen,
En retire l'emplâtre, et, dans sa promptitude,
Le lance à tour de bras sur un maître d'étude.
Le feu cesse un moment, et, sans parler, chacun
Se dispose à combattre un ennemi commun,
Tels on vit autrefois, de leur guerre intestine,
Les chevaliers ligués voler en Palestine,
Quand le maître d'étude, à l'instant culbuté,
Se relève aussitôt et fuit épouvanté.
Mais lorsque, de ses sens récupérant le reste,
Il reconnaît l'auteur de sa chûte funeste,

N'osant pas l'attaquer, il lui montre les poings ,
Et lui va sur-le-champ marquer cent *mauvais points*.
Profitant d'un silence alors très favorable ,
Six d'entre nous,—ô honte ! ô honte ineffaçable ,—
S'écrient : « Il ne faut pas nous battre jusqu'au soir ,
Nous ne dînerons pas !!! »

                    Quel fut ton désespoir,
Donville , en nous voyant rendre ainsi ta bannière !

L'ours dont on a surpris la proie en sa tanière ,
La mère dont un tigre a dévoré l'enfant ,
N'ont pas plus de stupeur que toi dans ce moment !
Toi qui n'as pas dîné ni soupé davantage ,
Ne pas dîner encor ! Quel coup pour ton courage !
Toi qui n'as dîné, Donville, pourras-tu.....?
Mais , chut !..... quel insensé méconnaît ta vertu ?

XI.

Donville , ainsi frustré dans sa chère espérance ,
Lève les yeux au ciel , et caressant sa panse ,
Il songe au rêve affreux qu'il a fait cette nuit
Et qui de son horreur de nouveau le poursuit.
Il se sent succomber.... Mais s'armant d'un courage
Dont un héros , lui seul , possède l'apanage :
« N'aurai-je pu, dit-il, braver depuis deux jours
» Des maux dont l'univers retentira toujours ,
» Que pour faillir au port écrasé sous ma gloire ?
» Non !.. D'un pas triomphant marchons au réfectoire ! »

XII.

Midi sonne!—On partit.—Le jeu recommença.
Le Censeur d'un pas grave et calme s'avança ;
Mais sa surprise fut à nulle autre pareille,
Quand il vit s'escrimer les mangeurs de la veille ,
Et les autres , placés en face des premiers ,
Dans leur calme apparent s'y prêtant volontiers !
« Parbleu, c'est un peu fort, dit-il ! que signifie..... ?
» Est-ce moi par hasard qu'ici l'on mystifie ?
» Ou ces Messieurs ont-ils passé contrat entre eux ,
» L'un pour ne plus manger, l'autre manger pour deux?
» Ouais ! ce soir, c'est à moi que vous aurez affaire ! »
Mais malgré ses clameurs et tout ce qu'il put faire ,
Le dîner s'acheva.—Quel contraste, grands Dieux !
Que de ventre gonflés , que de visages creux !
Donville , sur ses pieds se supportant à peine ,
Entrevoit du souper l'espérance incertaine....
Ce bienheureux souper!..... Il tremble, cependant...
S'il allait arriver un nouvel accident !...
Que sais-je... une révolte... un tremblement de terres...
La France est si sujette à ces sortes d'affaires !
La moindre barricade.... un simple changement
De roi, de ministère ou de gouvernement !
Ces faits sont si communs!... Vraiment, quand on y pense,
On est peu rassuré de se trouver en France....
Quand on dit qu'au moment de se mettre à souper ,
Un coup d'État arrive et peut tout dissiper !

XIII.

Les brumes de la nuit s'étendaient sur la ville ;
Le souper s'approchait, et l'illustre Donville,
Voyant ce doux moment, terme de ses malheurs ,
Est prêt, dans son délire, à répandre des pleurs !
« Enfin ! s'écriait-il , la voilà donc venue,
» Cette heure, qu'en jeûnant j'ai longtemps attendue !
» Je ne rêve donc pas ! Je vais enfin souper !
» Quelqu'espoir imposteur ne me vient plus tromper !
» Souper double !... et dîner ! Bravo ! vive la guerre !
» Et l'on viendra chanter qu'il n'est point sur la terre
» De prix pour la vertu , de palmes aux guerriers !
» Je vais, en attendant, souper sous mes lauriers ! »

Le soir vint.—Au moment d'entrer au réfectoire ,
Le Censeur accourut avec une écritoire ,
Et la plume à la main , il prit les noms de ceux
Qu'il crut être les chefs de nos séditieux.
Mons Donville en était.—« Messieurs, veuillez me suivre,
» Dit-il,—le Proviseur va vous apprendre à vivre. »
Nos six individus—car ils étaient à six—
Trouvèrent gravement le Proviseur assis ,
Ayant à son côté l'un de ses satellites.

« Monsieur l'anachorète et vos cinq acolytes ,
» Leur dit-il,—si ce soir j'entends parler de rien ,
» Tenez-vous avertis , je vous en préviens bien ,

» Tous six vous partirez.—Mon gros Monsieur Donville,
» C'est votre affaire, allez et tenez-vous tranquille.
» Veuillez, Monsieur Pantin, conduire ces Messieurs. »

. . . .

Donville, en s'en allant, a les larmes aux yeux!...

. . . .

. . . .

« Je suis volé!!!!!.. dit-il.—Et volé de la sorte!!!!
» Ne manger que ma part!... ou bien mis à la porte!!
» Affreuse alternative!!.. Où me suis-je fourré?
» Lequel des deux choisir?.. Etre déshonoré?
» Renvoyé d'un collége?.. Hé bien! je le suppose,
» Les autres voudront-ils, si je le leur propose?... »
« Deux fois ne pas souper!... Deux fois ne pas dîner!..
» Je me suis fait moquer, assommer et berner!
» Et puis, sans respecter le ventre que je porte,
» Quelqu'un m'a menacé de me mettre à la porte!
» Bref! j'en suis pour mes frais, et je soupe fort peu. »

Et courant au souper comme on courrait au feu,
Donville prit sa part, en fit bonne justice,
Jurant—mais un peu tard—d'avoir plus de malice.

XIV.

Donville, maintenant, quand il s'en va dîner,
Songe à sa triste histoire et la sait condamner.
Tel le malheureux fils de Vénus et d'Anchise,

Chez la tendre Didon trouvant la nappe mise ,
Au milieu des festins , de l'amour et des fleurs ,
Aime à leur raconter ses illustres malheurs.

XV.

Puisse ton nom porté sur la terre et les ondes ,
Donville , de ta gloire étonner les Deux-Mondes !
Puisses-tu, désormais, en tous lieux, sous tes pas,
Trouver toujours banquets et splendides repas !
Puisse, au simple toucher du ventre que tu portes ,
Tout se changer en mets et vins de toutes sortes !
Donville , mange bien , mange bien tous les jours ,
Fais bombance souvent , fais bombance toujours ,
Crève dans un festin , ô toi, dont la bedaine
Sut jeûner , sans broncher , le quart d'une semaine !

Lycée de Douai , juin 1850.

ADAM d'AUBERS , imprimeur , rue des Procureurs , à Douai.